詩集

タンバリン打ち鳴らし踊れ

長岡紀子

竹林館

カバー絵　著者「太陽　地球（大地）」

タンバリン打ち鳴らし　踊れ

扉画　インドの装飾模様「糸スギ」

まっすぐ天に向かって成長するため、忍耐と不死の象徴とされる。

I

下る道　上る道

坂の上に立つ

両側には五階の集合団地
遠近法に沿って並んでいる
下った突き当たりには
住宅が並び　その彼方には
醍醐の山がなだらかに横座り
西からの夕陽に照らされ
染まった雲と　声掛け合い

杖つく老いた人
「下りるのも上がるのも　しんどいどっせ」
時間をかけて回り道
若い人は　すたすた歩き

子供たちは　ぴょんぴょん跳ね走り

コミュニティバスが巡回するようになって
足が不自由な方も　手荷物の重い老婦人も
背を伸ばして「ほっ」
「こんにちは」の声も弾んで

下る道
わたしが生きてきた道　誰でもの道
下って帰れぬこともあった
そこから　空を仰いで
上る道へと歩むには
なにかの力を借りねば
進まないこともある

坂道で自転車をこぐ女性《ひと》

右、左、右、左、
肩が　背中が　大きく揺れる
集合住宅団地の急な坂道
自転車をこぐ女性のシャツの背
汗で滲んでる
脚の筋肉を使えるだけ使って右に左に
膝を前に倒す
坂のてっぺんまで　まだまだ

小学校からもう帰ってるだろう
二人の子
クラスで仲よくしてたかな
腹　空かせているだろ
はよ　飯作りだなあ
荷台のカレーの材料がカタカタ鳴る

向かいの山から　今　夕陽が沈んだ
淡いさくら色の空に　横筋の青い雲
暮れゆく名残を惜しむように広がる

夫の事故死や思いがけぬ避難騒動
慣れないパートの仕事
肩にずっしり圧しかかって
右に左にと揺れる

もといたところにいつ帰れるか
帰れないいか
別れ別れの親戚は　ご近所は
どこに

やっと
坂のてっぺん　乗り越えた

わが家のおまじない

おじいさんのおまじない
「デイナケマ　ニキトタッマコ」
おばあさんのおまじない
「ネクシサヤ　モデニレダ」
おかあさんのおまじない
「プッアーワパ　イパッイカナオ」
おとうさんのおまじない
「ムススニエマ　ラタメキトコルヤ」
いもうとのおまじない
「タタラタタタラパーチュパパ」

わたしは　まじないくりかえし
わがやのまほうつかいに　へんしんだあ

おじいさんのおまじない
「こまったときに　まけないで」
おばあさんのおまじない
「だれにでも　やさしくね」
おかあさんのおまじない
「おなかいっぱい　ぱわーあっぷ」
おとうさんのおまじない
「やることときめたら　まえにすすむ」
いもうとのおまじない
「たたらたたたたらぱーちゅぱぱ」

わたしのだいすきかぞく
ありがとう

ヒメジョオン

団地の端っこに在る　梅雨時前の公園
すべりだいも　シーソーもブランコも砂場もあったけれど
今は草ぼうぼうの広々とした空き地

ヒメジョオンが咲き始めた
あっちこっち　こっちあっち
「あっ　こんにちは　こんにちは」
幾日かすると
公園はヒメジョオンだらけ
ここは我が王国とばかり
小さな羽状菊型の白やほんのり薄紫の花
細い身体の背高のっぽ　互いに呼びかけ
空を見上げて揺れている

風が通ってきて　わたしが瞬きすると
目の前に現れたのは　すべりだい　シーソー　ブランコ　砂場
近くの保育園の子供たち
はしゃいで転んで動き回っている
頭や背にヒメジョオンの花を飾ってまるで天使

近くで車の事故あり子供が巻き込まれた
園外保育は危険だとされ
毎日毎日お部屋遊び
今日は久しぶりのお散歩だ
るんるんるん　声高におしゃべりおしゃべり
嬉しくって身体のどこかがいつも動いてる

風が吹いてきて　もう一度瞬きをすると
あれっ　天使たちも遊具もどこに消えたんだろう
そこはヒメジョオンが乱れ咲く空き地

スカーフが翻って

振り向いたのは　あの人だ

こちらを見ていたのか　いなかったのか
背中をそっと丸めて　肩を左右に揺すり
大きな歩幅で歩いていく
わたしはすぐに追いかけたが
間もなくあの人は　坂道に差しかかり
歩みを弛めず上っていく

末梢神経を病んで痺れているわたしの手足は
見えない鎖で繋がれ　脚の動きを阻んで
前に進もうとする歩みを遅くする

折からの南西の風が向かいから吹いてきて

あの人の薄紅色のスカーフが
浮き上がり風に流れた
わたしの目の前で風は向きを変え高い梢に
舞うように昇る

坂の頂から下った人の姿は見失った
あるいは　消えたか
ふり返った時の瞳だけを　残して

おじいちゃんにも　春が来た

まがった腰をぐいと伸ばし
薄い白髪　そっと　なでる
入れ歯は入れたか
メガネはかけたよ　さてさてお出かけ
今日はいい日だ

カラオケ教室　出会った彼女
「こぶし」のうまさに　ぐいぐい惹かれて
ちらっと笑ってくれたの
もう　どうしょうもない

おじいちゃんにも春が来た
おじいちゃんにも　恋のきざしが

二人で出かける　川辺には
つくし　よもぎの伸び盛り
萌える緑に　目も潤む
今日はデートで　ルンランラン

思えばここまで　よう生きた
今の　わたしゃ　楽しいか
今の　わたしゃ　嬉しいか
今の　わたしゃ　空しいか

メジロも　つがいで　枝から枝へ
桜のつぼみも　風に揺れ
彼女の手折った　沈丁花の香
おじいちゃんのハートを　ゆするよ
おじいちゃんにも　春が来た

あなたがいて　わたしがいて

あなたがいて
わたしがいて

あなたが「花を見つけた」と詩を読み始める
わたしは
（どんな花なの
（何色なの
（いつのこと
（どこでなの
と　くるくるイメージする
そこであなたが
「春の朝　散歩の途中見つけた
　黄色い一重の花」と詠う
すると　あなたの言葉がわたしの情感を震わせ
あなたと同じ情景を引き出す
そしてあったかい朝の光の中で目を閉じる

あんたも花が好きなんやねえ
わたしも花が好きや
よう解るわ
と　納まったり

あなたがいて
わたしがいて
言葉の心が互いに交じり合い
イメージが膨らんで
嬉しがったり
悲しがったり
慰め合ったり
励まし合ったり

そして

明日がある

Ⅱ

タンバリン打ち鳴らし　踊れ

輝く光
今　生きているこの身を
温かく包み　恵みあふれて
惑う心を解き放ち
希望へと導き救う
主を讃美して
　タンバリン鳴らし踊れ
　タンバリン敲いて歌おう

この身を痛め　壊し　囚われの心
立ち上がるとて　歩みも出来ず
言葉も忘れ伝えることも出来ず
ただ　両の掌を合わせ祈るのみ
見上げて

主に許しを請う
　タンバリン鳴らして踊れ
　タンバリン敲いて歌おう

今ここに生きていくこの身を
主は創りかえられ
ひとりの御子に倣い　行う
自由と平和の路を
前に進む喜び
主に感謝して
　タンバリン鳴らし踊れ
　タンバリン敲いて歌おう

時を待つ

待っておくれぇ　と
手を差し伸べ　捉まえようとしても
そのまますると去っていく　あなた

わたしは　今　起きねば
わたしは　今　出かけねば
わたしは　今　帰らねば
わたしは　今　眠らねば

あなたの限りない空白の中で
わたしは　これでもか　これでもかと小刻みに
追っかけ　追っかけ　追っかけて
それでも間に合わないと
埋まらぬ感覚の距離に
神経をすり減らす

嘲笑いと叱咤と
ほめ言葉と激励の風を残して
去っていく
あなたはわたしを待ってはくれない

時計を持たない砂漠にある村
バスが止まるという小屋の日陰でゲームをする男二人
時計を持つ彼の地のイライラ男が
「いつバスが来るんかねえ」
その問いに　その地の男たち
「来るときに来るのさ」
と再びゲームに興じた話

太陽が昇り　太陽が沈むことを
身体に感じて時を待ち受けることが
あなたに逢えることなのかも

月の雫で　顔をあらう

夕暮れの路を迷う　子らに
帰ってくる人を待つ　窓辺に
廃屋の　破れた障子に
白い月

ゴンドラで寄り添う　恋人に
カンツォーネが風に乗ってただよう　波間に
ワインを飲みほす　唇に
赤い月

戦乱の中を　逃げまどう人々に
砂漠化した草原に横たわる　動物の骸に
はてしなく続く　難民の列に
青い月

静寂の中
沈黙
月の雫で　顔をあらう

激しき女の恋

「王女メディア」より

間もなく船は出る
たいまつの炎は揺れ　波間の暗闇を照らす
「追っ手が近づかないうちに
　早く出奔せねば」
舳先に毅然と立つ　女
長い黒髪　黒い衣の裳裾が　風に舞う
「わたしを育ててくれた山よ　河よ　人々よ
　再び　会いまみえることはない」

栄えた都市から　エーゲ海を越え　この辺境の地へ
金色に輝く羊の皮を探し求めてきた屈強な男たち
されど手に入れるには無理難題が立ちふさぎ
エロスの金の一矢で女を射止める

男の一人に狂うほどの恋に身を焼いた女
魔術を操り　その皮を手に入れると
「急いで立ち去るのです　私も行きます」
と　男に差し出した

船は入江を抜け黒々と立ちはだかる島々を縫って
東から西へと吹く風を帆に受け　すべる
たとえ嵐に巻き込まれて難破しようと　二人は離れぬ
海から巨大な魔物が現れようと
契りを交わした男と女の
恋に燃えた炎が焼き尽くそうぞ
やがて夜はしらしらと明け　陽は上る
女はまだ見ぬ新しい国の
二人で暮らす　光に満ちた日々の夢を追いかける
言葉も振る舞いも違う　異郷の地
咲き誇る花々は絶えず　その香りは満ちあふれ

女の喜びの歌に合わせ　鳥はさえずる
二人の子をもうけ　生きることのその至福の日々よ
愛のやさしき思いに祈りをささげる日々よ

時は過ぎ
なぜに女は悲しみに打ち震えているのか
男はここに在らず
権威と名誉と財宝の虜
位高き家の若き娘との婚礼に走る　とは

女の激しい恋の炎は　激しい憎しみのほむら
孤独の坩堝にするすると滑り落ちていく
花々は散り　枯れ果て
鳥は羽ばたいて　去り行く
女は歌うこともなく　嗚咽の叫びに身をよじる
狂った混沌の闇の思惑の中で　かすかに灯る明かり
「そうよ　この世で一番美しい花嫁衣装を贈りましょう」

花嫁の喜びはひとしお　すぐさま肌にまとう
衣に塗り込まれた毒薬
触れれば炎を湧き起こし
美しき女体が焼き尽きるまで
青い火　赤い火　執拗にめらめらと食いつくす

恋の憎しみと復讐は尽きぬ
二人の子も殺め
龍に乗り　天空へと去って行った

荒れ狂う台風の眼
なんと激しき女の恋
ギリシャ神話の中からひとつ

「マリアカラス」という名の薔薇

どんより鉛色の冬の空
雪まじりの　冷たい風に揺れる
大輪の花
一片の花びらも　散らそうとせず
濃いピンクの色を　そっと薄めて
誇らしげに咲く　薔薇
その名は　「マリアカラス」

あまりにも気位高くって
薔薇はあんまり好きじゃない
と思っていた私
旅に出る人から頼まれて
アブラムシの這いまわる頃から
手をかけ　面倒見てきた花

歌い手のマリア・カラスが
時を超え　国を超えて
ここにいるのでは　と思えるような花

オペラ界の女王として君臨した彼女
映画「王女メディア」で演じた
情愛と母性愛との狭間で嫉妬に燃え
わが子をも殺めた狂乱の女メディアは
彼女そのもののような
熱情的な恋も　歌姫の日々も
いつかは終わりがあり
パリでひっそりと謎の死
エーゲ海の藻くずになるのだが

寒風に凛と咲く花に
音声に宿った彼女の魂を重ねて
魅せられている

ふたひらの花弁《はなびら》

京の街に古くからある煉瓦作りの教会
彼女チャリティー・ロックハートはここで歌う
黒い肌に赤い厚い唇が強く軽やかに
大きく開いたり閉じたり
ふたひらの花びらがパワフルに問いかけている
大きな黒い瞳は黒曜石の輝き　愛に満ち

花びらから湧き出す言葉と声
その深くて澄み切った歌声は
ステンドグラスの光を震わせ
聴き入る人びとの心に分け入る

彼女の祖先はアフリカの奥地から
新大陸のアメリカへ希望を求めてきたのではない
奴隷として売られ繋がれて大海原を越えてきた
晴れた日も嵐の日も時は太陽が教えてくれる

苦しい労働の一日《ひとひ》の終わりに
彼らは歌った
「神よ私はここにおります
　いつも寄り添ってくださり私の心は安らかです」
彼らには苦しみへの憎しみはなく
歌うことで果てしなく遠い生まれた大地を想い
神への賛美で生き抜いた

彼女の歌うゴスペルソング
祖先の魂をも息に吸い込み
今ここに生きる誇りと重なり合って歌声となる

唇は閉じた
幾多の苦しみ哀しみ喜びを乗り越え
船が港に着いた時の安堵と静けさ
ふたひらの花びらが合わさり　かすかに震えていた

ナルキッソス

薄暗い森の中の　小さな泉
そのほとりに咲く黄色い水仙

満月の波が照らし始めると
花は泉に身を寄せる少年となる
無邪気に恥じらう美貌　しなやかな肢体
好奇心に満ち　誰からも愛され慕われ
なのに全てを拒む彼
ただひたすら水面に映る
自分の姿に恋焦れる　美しい迷い花
はるか遠く　ギリシャ神話は語る

時を経て今の世
大人に成りきれず

少年のままのナルキストたち
弱さと残虐性を秘めて　世に問う

愛を受けても　なお引き籠る　傷ついた独り花
不自由な相手を「役立たず」と叫んで　刃を振るう呪い花
少女にこだわって痛めつける　狂った悪の花
どうして育ったの　花々よ

息詰まる世の貧しさ　人を信じきれぬ分断差別
虚構の世界に迷い込み
あなたは居座っていたのですか

泉のほとりに咲く　黄色い水仙一輪
誰にも見つからない
妖精エコーが少年を慕って呼んでいる森の中

サウダウディ*

ファディスト月田秀子さんへ

灼熱の太陽に覆われた樹々
そよぐのを忘れ
うなだれ
川の流れは　つぶやきを潜め
静まった

ファドを口ずさむ歌姫
黒い裳裾を　長く引きずり
どこへいくのか
乾く眼は　遠く彼方
苦しみから　解き放たれんと
逝った人を追う

あなたが　ファドを歌えば

調べは　織りなす綾となり
敷き詰められ
その中に
身を投げ出して　泣く夜もあろうけれど
朝の光は　あなたを
活気に満ちた　イワシの匂いがする
リスボンの港町に
連れて行く

荒れ狂う大海原で　船ともどとも
深く沈んだ夫を　海辺で待つ妻が
歌うように
異国にあって
あなたを愛して逝った人に
あなたは　歌う

＊サウダウディ……ポルトガル語
（ファドに流れる）失ったものへの哀惜

Ⅲ

涙が乾く

こどもがはしゃぐ
母に抱かれ　父と手をつないで
守られているという安心
ジャンプをする踏み台で
思い切り空に向かって飛ぶ自信
未来へのわが子の成長へ
温かい涙

やったぞ　やったぞ
たとえば積雪の未踏の峰々を越えていく者
暴風雨の難破で　海底深く投げ出された者
非情な抗いの苦難に努力と耐えうる力と
思いがけぬ加護が命を繋いだ
もう帰らぬ人　と待ち続けていた者の
熱い涙

わたしたちを一つに束ねて足枷　手枷

無視と隷辱に眠れぬ夜も
自由に話すことも出来ず
広く羽ばたくことも出来ず
弱っていく人間の感覚
無謀者の抑圧に
冷たい涙

一人の後は二人　三人四人と
人が人を殺める病んだ青年がいた
国と国が　民族と民族が戦い
累々屍が敷き詰める大地
果てしない難民の列
それでも争いは止まず
涙は凍る

涸れてしまった　あなたのわたしの涙
愛の涙の一滴《ひとしずく》を下さい

雷龍

寝苦しい　梅雨時の蒸し暑い夜半
ひんやりした一陣の風のすぐあと
天から一直線に大地を叩きつける大粒の雨

豪雨の垂れ幕の真ん中を　切り裂き
地球の隅々まで見通せる眼光を爛々と
むき出して　雷龍は吼える

わたしの寝ぼけたまなこに
垂れる涎に
稲妻を撒き散らす

天も割れるほどの雷響音は
地上で狂い炸裂する

クライスター爆弾の反響だ
それは戦いの地から届く叫びだ
眼の玉にガラスの破片が突き刺さった女の子
手も足も飛び散った男の子

〝この地で傲慢に酔いしれる者に　怒りを〟
〝あの地で不安におののく者に　慰めを〟
地球をひとまたぎに吼えながら
雷龍は叫ぶ　伝える

いつの間にか　小雨のささやきを縫って
遠い地でのつぶやきを残し
去って行った

豆満江*を渡る

映画「クロッシング」から

横断歩道を妻と
ゆっくり歩いて渡った
石作りの橋を子どもを乗せて
自転車で渡った
ゆるやかに流れる川を友と
船で渡った
今日　見た虹を家族と
明日を夢見て渡った

今
豆満江を独りで
闇夜に手探りで歩いて　渡る
重圧の大きな荷をしょって渡る
自由を縛る鎖を引いて渡る

国境警備隊のサーチライトが
暗闇を照らし
水面から銃手が　睨む

茂った葦が隠してくれなかったら
どうなるか
河が流れる水の音を
賑やかに奏でてくれなかったら
どうなるか

豆満江を越えていくことの
対岸にたどり着くことの
計り知れない願いと
生きることへの
祈りを携えて
渡る

＊豆満江…北朝鮮と中国の国境にある川
多くの人が脱北して犠牲になっている

沈黙の闇

大阪行きの特急電車
移りゆく窓の外
紅葉に染まる山々
リラックスシートの背にもたれ
安逸な夢を見る
車輪の軽やかな音色

近くの席　祖父に抱かれた乳児
身体をくねらせぐずりだす
ジジさん困惑　ババさんに預け
それでも止まらず
火が燃えついたように泣き
母さんに抱かれても止まず　が
そのうちすやすや眠り

窓に映るひとつの幻影

米軍に囲まれた
沖縄のガマの中
赤児　ぐずりだし
火のように燃えて泣き叫ぶ
母は懐に入れてあやす　が
もれる声
周りの困惑した哀しい瞳
日本兵の目
暗闇というのに一振りの剣
光って突き刺さる
母は子を抱いて口を塞いだ
沈黙

電車は次の停車駅にゆるやかに滑り込む
世を吹き抜ける風は
今どこに向かっているのか

自然エネルギー

地上では
「安全神話」と「札束」で惑わせ
貧しい海辺の村々に
この小さな地震多発な島国に
戦争放棄して平和を誓う被曝の国に
五十四基の原子炉が建つ

水は強い力
山から滔々と流れる雨水
山あいに添う村々は土石流に押し流され
湖畔近くの集落は水に埋もれたが
水はいきものには欠かせなく
優しく潤す　生命の源
溢れる水を堰き止めて　電力を起こす

風も強い力
暴れまわる侵略者となって
家々を巻き上げ　吹き飛ばし
人々を恐怖に陥れたが
心地よい風は　緑の樹々を揺らし
胸一杯に吸って　元気をもらう
風車が回り　電力を起こす

もちろん太陽の光は強い
飢えと渇きでいきものを
死に絶えさせることもあるが
暗い闇から解き放し
巡り来る日々の営みを励ましてくれる
光熱を集めて　電力を起こす

天空の中に漂う小さな惑星の片隅で

カタストロフへの恐れで
逃げまどうことのないように
人は　天からの恵みを生かし
綻《ほころ》びゆく自然を繕《つくろ》う
遅すぎるのか
そうでない

生死を問う

今ある生命

戦いという人殺しの紛争地を
伝えようと踏み込む報道ジャーナリスト
吹き上がる大火の中　崩れそうな家屋へ
飛び込み救助する消防士
迫る電車に向き合って
線路に落ちた人を助ける人
車の往来激しい車道に飛び出た幼児を
駆け寄り庇う人

遠い国で　近い町で
自分の生命の終わりを知ることなく
他を救いたいという自らの発する使命が

身体を突き動かせる

刻々と死に至る病に向き合う人は　どうなのか
時という間が　悶絶の苦しみを続けさせ
希望なく　闇の中をさまようのか
生きてきたことへの感謝で満ちるのか

人は　塵となり地に葬られ
四十九日浮遊する魂は
仏の御手に抱かれるのか
神のもとに辿りつくか
それとも　無であるか

生きる者が死することで
向き合う時に知る
生命の価値

鬼郷《クィヒャン》＊

「ここはどこ。私はどこにいるんですか。
　アボジはどこに　オモニはどこに」

四角いペラペラの板張りの狭い部屋
人の顔ほどの覗き窓
ベッドの横の金だらいに澱む水
隣との壁から漏れる
ビンタと一瞬の悲鳴とうめき
胸の蕾がほんのり膨らんだ少女が迎える朝
光はここまで手を伸ばさない闇だ

かつて少女は光の中
自由に羽ばたいていた鳥であり
香《かぐわ》しき花であり

野山を駆ける風であった

ここ地獄で笑うには狂って歌い舞うしかない
耐えがたい恥辱の呪縛の幽閉の
解《ほど》けない鎖に繋がれ
「生きる」という希望の名に向かって
たとえ走り抜ける時があったとしても
銃弾の一発二発いや三発が脳天と背に食い込み
血吹雪の中　身体は空転して地に伏す

軍靴で踏まれた頬に残る赤黒い花びら
散りいくことはない
死者の群れが積み重なる穴へ
その一蹴りで落下する

陽はすべてを照らす
風はすべてを伝える

時は過ぎ
身は滅びても　魂は家に帰ってくる
オモニの手作りのご馳走を食べ
アボジの肩車に乗って
少女の時を再び生きる

わたしは　今日　あなたに出会った

映画「鬼郷」より
日本軍慰安婦被害女性のものがたり

＊鬼郷…死者の魂が故郷に帰ってくること

みんな同じ　と　みんな違う

テレビに映ったおもちゃの兵隊の行進
じゃ　なかった
巨大な戦車に続く隊列は
ほんまもんの軍人さん
そのまま戦争に突入できる
みんな同じの　迷彩色の軍人服
捧げ持つ銃剣の角度も　高さも　ピシッ
持ちあがる足の高さも同じ　右・左・右・左
偉大なる将軍様への敬礼も
掌の高さ首をまわす角度同じ　右向けえ右

目に見えぬ不自由な鎖
同質にて安易な統制
人さまの中身はちがうと思うけど

そのお隣の島国では（わたしの国ですが）
外は猛暑　電車の中はクールゾーン
「フッ」と息ついて座る
人それぞれに夏の衣を身に着けて
色それぞれ　型それぞれ　着方それぞれ
若い女《ひと》　胸あらわ　肩あらわの　腿あらわの
超くつろぎ装い
垂乳根のばあさんには眩しすぎ
鼻下長のおじさんはいかに

これもあれも　ご自分のお好きなように
自由だ　自由だ
個性だ　個性だ

眼に見えぬ落とし穴が　そら　そこに

悪夢

地下鉄の階段を上ったところで
私は人を待っていた
近くの大学に行くのか
若者がカラフルな服装で上って来る
快活な会話も弾んで
昨日起こった大災害についてか
将来についてか
恋人のこととか

突然　雨雲が走ったかと思うと
地下からザックザック重い足音
迷彩服に銃を持った兵士
無言で頬は引き攣り
列を乱さず迫って来る

あっ　悪夢だ　消えてくれ

お隣の地方議会では地域政党が
「学校での儀式において
　君が代を　斉唱起立すべく条例」提出
多数により条例化
歌う口元まで調べていた　とか
違反を繰り返す教員は免職すべしとの意見も

「思想及び良心の自由はこれを侵してはならない」
憲法19条は謳っている

一人ひとりの子供たちの澄んだ眼差し
自分で考え自分で自由に表現してほしい
教育の現場に魔手の波が寄せてこないように

都では　最高裁が不起立の教師懲戒に合憲

なんでやねん

なんでやねん
9条　変えたら若いもん戦争に行くことに
殺し殺されてもええと思ってるんかよ

なんでやねん
「道徳」再び教育プログラムに　こんにちは
子供たち仰山　右向けえ右の人創るやんか

なんでやねん
「弱くて役に立たんもん早よ死んでもらいましょ」
ええ若いもんがこんなん思ってしまう世の中でええのか

なんでやねん
農薬たっぷり　添加物てんこもり　お店に山盛り

慣れた舌　安くて便利　売っちゃえ　買っちゃえ

なんでやねん
「先生ここ痛いどす」言うても　目はパソコン指はキーボード
痛いんは　わてですえ
　なんでやねん　なんでやねん　まだまだあるある

と
ぼやいとる間に
無農薬　無添加のポテトチップス一袋食べてしもうたがな
「食べ過ぎは　癌の元」
わかっちゃいるけどけどやめられなあい
♪　ほれ　すいすいすうだらだったすらすらすいすいすい
こんな歌　あったよなあ
♪　若者よ　身体を鍛えておけ　ってね
あの頃　ピカピカのおなごやった
なんや　今のわて

白内障手術終わって視た鏡の中
皺くちゃシミだらけの老婆ぼんやり
わてだと知ってたまげたわあ
　なんでやねん　なんでやねん。

平和への願い

剣の先に　平和はあったか
向き合う人の血潮が吹き上がり
累々と拡がる屍を蹴散らし
鬨の声に　我を忘れ

砲弾の行く手に　平和はあったか
空は裂け　雲は散り
森は咆哮　橋は崩れ断ち
人々は逃げ惑う
街は焼け落ち
廃墟の沈黙
孤児の瞳に　空が

コンピューター操作の爆撃で　平和はあるか

空調の効いた部屋
無言で無表情で
指令範囲の映像を追う空軍の若者
行ったこともない遠隔の地
レーダーがとらえた
怪しい　と思う　影
指先一つのボタンで
無人機を発動攻撃
幾多の街を壊し
幾多の人を殺める
テロ部隊の隊列追撃の影　実は
結婚式で集まった親戚の行列だとしても

任務完了
ネクタイを外し
口笛を吹いて
恋人と食事に向かう

剣の先に　平和は　ない
剣は自分に向けろ

沈みゆく夕陽は　知っている

わたしは夕べの道をゆく
陽が沈みゆく
彼方のあかね雲の広がり
薄衣の雲の裾にひっそりと
月のおでまし
風は木々を揺すり心地よく
今は　安らぎの時
今は　労りの時
今は　喜びの時
地球に住む一人ひとりが時を持ち
限られた生活の　営みを終える時

遠い国
争いに踏みにじられた人々は

時を奪われ
安らぎの語らいは　沈黙の遺言に
労りの抱擁は　無残な決別に
喜びの宴は　哀しみの弔いに

暗闇に閉ざされた地獄の門は
沈みゆく陽の光に晒されて　扉を開いた
母に抱かれ　怯えて眼を見張る
幼き子を
地獄の入口に立たせては　ならない

陽は沈みゆく

遠い彼方の地の
あしたを輝かせよ

僕のサンタクロウス

人を殺めようとする手を止めたのは
サンタクロウスだった

赤い服で白いお髭のサンタじゃない
大きな白い袋を背負いトナカイでしゃんしゃんと
鈴を鳴らして空を走るサンタじゃない

僕の心の中のサンタクロウス

僕が子供の頃
十二月の冷たい部屋の中
外はネオンサインがちかちか
クリスマスメロディーは賑やかだった
いつの間にか膝小僧を抱えて眠っていた時

その人はやってきた
白い衣を身体に巻きつけて
「いつでもわたしの所においで」と
両手を僕に差し伸べていた
その人のあったかい光が僕を包み込み
僕はいつの間にか笑っていた
「希望の明日《あした》」が来るんだという約束
それが僕へのプレゼント

親に捨てられて拾われた僕
大人たちから人として扱われず
でも懸命に働いてきたけれど
人への不信と憎悪は僕を復讐の鬼へと駆り立てた
そして

僕は忘れていた　消し去っていた
僕のサンタクロウスを

ごめんね
やっぱりサンタクロウスは
いるんだ
ありがとう

Ⅳ

雨ふり

雨　ふってくる
雨　ふってくる
ぽつん　ぽつん　ぽ　ぽ　ぽつん
お屋根に　お池に　手のひらに
カエルが　ぴょん
カタツムリが　にょうろり
あじさいの花が　揺れて
空色のはなびら　桃色に染まったよ

雨　ふってる
雨　ふってる
ぴしゃぴしゃ　ぴしゃぴしゃ
しゃーしゃー　ざーざー
レイン・シャワー

傘　傘　傘　くるくる回り
雨のあかちゃん　踊ってるよ

遠い空から　落ちてくる
見えないとこから　落ちてくる
誰かが　水まき　してるかな

雨　やんだら
雨　やんだら
虹を渡って　会いに行こう

白いもくれん

「白いコップの花は　もくれんね」

白い鳥のような花よ花よ
ゆったりと伸ばした枝に集まって
みんなでお話ししているね

朝方には　明るい光のなか
白いドレスを着て
やさしく話す　天からのお使い

夕方には　暮れていく陽のなか
うす桃色に染まって
静かに舞う　お姫さま

それからそれから
すこうし暖かくなって
木の下のまわりの小さな緑の芽が
そっとふくらんで
ひそひそお喋りはじめる頃

白いもくれんのコップが細くなり
うすい茶色のドレスに着替えると
待っててくれた土に　降りていく

お母さんとわたし　この道を通るとき
いつも
見ていたよ

空からの　地の底からの招待状

なにやら空から舞い降りてくる
ありゃ
背中に羽つけた天使さんかえ
かわいいなあ
何々　お手紙持ってきたって
「花好き
　樹が好き
　空好き
　人好き
　夢あり
　地球人さま
　どうぞ天国においでください」
さあさ　羽根つけて　雲の靴はいて
ご一緒に空を飛んでいきましょう

なにやら地面がもこもこ動いてるう
ありゃ
角つけて怖い顔した鬼さんだあ
閻魔さまのお使いか
何々　手紙持ってきたって
「怠惰
　陰険
　渋ちん
　親不孝
　貪欲
　嫌われ人さま
　どうぞ地獄においでください」
さあさ　手ぬぐい被って鉄の下駄履いて
一緒に土の中潜って逝こうぜ

わては　どっちに行ったらええのかえ

どこにいるの

ぷーちゃんぷーちゃん
どこにいる
とろとろお眠りしています
よーく乾いた枯草のなか
夢でお散歩しています

とこちゃんとこちゃん
どこにいる
小川にかかった木の橋を
トントントンって渡ってね
母さんのお迎えしています

のこちゃんのこちゃん
どこにいる

窓から見てたら雲さんに
「おいで」と言われ　ふわふわとんで
雲の上からあなたを見てます

かざぐるま

ベランダで
かざぐるまが風と遊んで
くるっ　くるっ　くるくるくる

一〇〇円ショップの片隅に
くくりつけられて　わたしを待っていた
この　かざぐるま

アジアのどこか
くずれそうな　狭い小屋で
山あいの家の　にわとりが駆け回る前庭で
津波の去った　デコボコした地に建てられた
海辺のテントの中で
おとこも　おんなも　こどもも　作る

かざぐるま
羽の一枚一枚を　ていねいに重ねて　くくる
その指の力と　ぬくもりが
このかざぐるまを
凛と　空に向けさせる

もう　一〇〇円という帯をほどいて
羽を大きく広げ
今　にほんの風と　語る

セミ　セミ　セミーン

朝陽のお出まし　光の中を
お庭のくぬぎの樹から
シャアーシャアーシャアー
朝一番のごあいさつは
クマゼミさん
ねぼすけも起きてきた

陽が少しずつ高くなり
暑くなってきた
お出かけ　お仕事　お買いもの
ジィージィージィージリジリジー
アブラゼミさん
何を油で揚げてるの

さあさ　お昼ごはんだ
みんなで食べよう
ミンミンミージージーシャンシャンジー
ミンミンゼミさん　呼んでます
お外も　お部屋の中も
暑い暑い

おひさま西に降りていく
風もそよっといい気持ち
葉っぱもやっと揺れ出した
ツクツクボーシ　ジーツクツクボウシ
ウイヨーウイヨージー
そっと囁くようにツクツクボウシさん
「もういいよ　もういいよう」って
呼びかけている

セミセミセミさん
あしたも会おうね
やくそくよ

雨　あがる

ちっちっちっち　きっきっき
白い鳥が風に乗り
ゆっくり　ゆっくり旋回して　高い空へ
とうとう
雲の中へ　消えていった　よ

傘をくるくる　女の子
ふわっあっと
風に乗って　舞い上がった

眼鏡をずらしてそれを見ていた　おじいさん
一緒に　ふわりふわふわ　雲の中
川から　ぴょん　と跳ねた魚

金の鱗が　きらきら光って
そのまま　ふわり

高い梢から　雨粒をふるい落として
大きな樹　ごぼっと　根っこごと
ぽっかり　ぽっかり
大空へ

鼻歌まじりの　トラック運転手
あれっ　あれっ
車も　荷物も　空の上

窓から　それを見ていた　私も
家ごと　浮かんで　ふうわり　ふうわり

こちらの山から　あちらの山に渡した
街の上の　大きな虹

みんな　みんな　のっかっているよ
雨上がりの　昼下がり

V

黴だらけ女が　行くよ

足の裏には　ひび割れ　湿疹
指の先にも　ひび割れ　かさかさ
髪の中にも　できもの　フケだらけ
身体中の肌　加齢による皮膚炎
ポロポロポロの　がさがさがさ
こりゃ　黴だらけ

おまけに　薬の副作用
指先　足先　痺れて不愉快
立つときゃふらふら　まったく不自由

風吹く日にゃあ　たっぷり着込んで
陽の照る日にゃあ　ちょと肌をさらして
それでも歩く　歩くよ

鼻歌交じりに歌って歩く
小鳥が一緒に歌ってくれた
花も合わせて身体をゆするよ

今に
肺も心臓も
胃にも他にも
住み着いて
黴は威張るか
そのうち　ハートにも

黴だらけ女は
それにも負けず
威張る　威張るよ

風の吹く日は　小さく歩き
陽の照る日には　大きく歩き

薔薇と噴水と若い男と

競うように　咲き誇る
ばら園の花々
ひと花　ひと花　色も香りも姿も違い
こんなにも　たくさん

気取った姿に　優しさと憂いを秘め
傷ついた人の心を　癒したこともあったろう
それぞれに名前があり
大切に育てられた　一株一株
枯れていく姿など
誰にも思わせない

どこまでも上に上にと
天空に向かって延びようとする噴水
水の流れの向こうに
すっぽり夕陽がおさまって
ゆらゆら揺れている

と
緊張がほぐれたように
落下する水しぶきが
間もなく沈みゆく陽の光を受け
虹色の輝きを　ふりそそぐ
ふと
水面に流れてたどる
闇の気配

今日
若い男
自死のニュース
仕事はない
繋がりはない
言葉はない
名前は　ない

鳩の卵

わたしは鳩
お腹に新しい命　抱いてます
けれども生む場所見つからない
おまえの父さんと朝からあっちこち
飛んで行っては探していたのです

見つけた見つけた
山や畑に近い団地の六階
ベランダにある洗濯機と壁のすきま
布切れの上に卵を産んだ

待っててね
お腹の空いた私は出かけ
戻ってみると
ベランダいっぱい
白いネットが張ってある

どこから入るの　どこ　どこ
「わたしはあなたを守らねば」
離れてみては近づいて入り口さがし
ネットの表で行ったり来たり
見えてるわたしの新しい命
でも近づけない

西の空は夕焼けだ
東の空にほんのり月の影

朝早くネットを覗くと
わたしの新しい命
そこには　ない
人さまの手のひらの上にのっかっていた

それでもわたしは上に下　右に左にと
入り口を探す

考えとうないけど　考える

なんで　わたしが！

考えられへん
考えとうない
考えへん
だけど　わたし
考えてみると
考えられるのは
考えさせられ
考えてみて
考える

変なもん　わたしの身体内に出てきたぞー
進行性悪性腫瘍　いわゆる癌

あちこち体内お散歩とか
なんで　わたしが！　考えられへん
科学の粋を極めた技術でもって
検査、検査で　診断　手術
やれやれ

「それでは　抗がん剤を投与しますので」
ナースがゴム手袋2枚しっかり重ねる
我が痩せ細った腕に浮き出た青白い血管
生きてる証に　脈々と波打って
そこをめがけ　一気に鋭利な針が滑り込む
どく　どく　どく
どく　どく　毒
2時間　わたしの体内を駆け巡る
その他大粒錠剤　朝4錠夕4錠　召し上がれ
その名も　ゼローダ　（えっ零になるのっ）
のど越し　悪し

お土産には　副作用後遺症
悪寒に　痺れに　浮腫《むくみ》をはじめ
糞詰まりに　尿失禁ときた
低体温に　減体重　手足末梢障害で
足枷　手枷の不愉快　不自由人
おまけに白血球はどんどん下がって
免疫低下　体外からの悪細菌　どっと寄りつく

考えられへん
考えとうても
考えられへん
考えへん
でも
考える
考えなあかん
今は　病の人だ

いつかは死に至る
誰でもだが
どう生きていくのかだ
どう生きるのだ
この　癌サバイバーよ

生命を永らえる

わたしの血管の中に治療薬という液体が入る
ナースは丈夫なゴム手袋を二枚も重ね
わたしの痩せ細った腕に浮き出た幾本かの
青白い脈打つ細い血管から探した一本に
一呼吸して　針を刺す

どくどくどく

今わたしの身体のどこへと流れているのか
毛細血管の隅から隅まで
渓流か濁流か
身体は耐えている　耐えている

七十年間　丈夫で働き者の六十兆細胞たち
順調に分裂してわたしの身体を支えてくれた
そこに反逆細胞さっそうと登場
（いやいやわたしが数十年も養っていたということだが）
気ままに体内散歩に出かけて
栄養を食べつくす
生命の破壊の危機と対面

「悪腫瘍に抗うには　この薬が必要で」
ドクターは無表情に言う

どくどくどく
どくどく毒

わたしの澄んだ赤い液体は
今どす黒く染まってきているのだろうか
身体を巡る液体

悪性を駆逐し良性に変える
ほんまか　魔法の薬か

長く時を重ねて　世界中の研究者や医学者が
その知力と努力の限りを尽くして
作り上げた賜物
その陰に見え隠れする
プロバイダーの暗躍する影
幾多の生体実験の犠牲者の貢ぎによる尊い命

死に至る病には
研鑽を重ねた医療チーム
医学の粋を極めた診察　診断　手術が成され
一人の生命が救われる
数本のチューブに守られた横たわる身体

ああ　そのけなげな身体への労りが

いままでいかにお粗末であったか改めて謝り
痩せ細ってもなお規則的に脈打つ
身体への不可思議な緻密な組織に
畏敬の思いを抱く

今　生かされていることの
生きていることの
動き続ける生命体の一つとしての
価値を深く見つめる

再生

水辺で歩みを止めない　わたしに
樹々の緑が　おおいかかる

酔いしれるほどの　樹液の香り
わたしを包み
やがて　指の先から溶かしていく
もう　わたしは　消えてしまうのだ

葉の擦れる音　風に揺れる音　わかる
近くに　水が絶えず　流れている
澱みに浮かぶ水泡は　消えたり　結ばれたり
岩に屈しては　光のしずくを飛び放つ

消えた身体が　水に浸ると
魚になり

水の輪の中で　飛び跳ね
流れの勢いに　引きずり込まれ
そのまま　身をまかす
奇妙に肺が　脈々と膨れ
心音が　早鐘の時を刻み
眠ろうとする　わたしを
睡魔から　たたき起こす

空は高く
光りの矢が　無数に　水面を突き刺し
わたしを捕らえると
その身は　軽く羽根のように浮き上がり
やがて　鳥となり
空に　舞う
陽は　山に傾き
水辺を染める
鳥も　染まる

今日もどこかで

あの海で
あの山で
あの森で
今日も　命が絶たれた
あの町で
あの村で
あの道で

水に流され
土石に巻き込まれ
石に打たれて
人に切られて
捨てられて

「想定外でして」
「予知することは難しく」
「個人情報がありまして踏み込めなく」

「所轄の連絡不十分でして」
繰り返される悔やみ言葉　虚しくひび割れ

大自然には　いつかは起こりうる　現象
人間には　誰かに起こりうる　災難

自然崩壊には
高額高精度の　予知機械を整えて
人間崩壊には
監視カメラをあちこちに
夢を失った　青年は
殺める手を持ち
子どもは大人に知らんふり
泣き叫ぶ声は闇に消える

今日もどこかで生命が絶たれた

行き止まり

静寂な樹々を縫う小路を
歴史を深く探る寺院の奥深く
歩く
ひっそりと細綱にまかれた小石
足元の先に座っている
（ここから先は入れません）
無言のお知らせ
微かに声明の調べ
僧侶の祈りは俗界を断ち切って
霊廟に流れる

愛する人の突然の死
駆けつける動揺の
刻々と流れる時間を突っ走り
床に横たわる身体に触れても
微かに微笑を浮かべる唇から
もうあの温かい吐息はない

語り合った穏やかな言葉もない
ここから先は
行き止まり

薄れいくさまざまな記憶
ぼんやりした残像を追っかけても
生きてきた証の風景や人々花や樹が
少しずつ消えていく
両手でまさぐっても
触れるものは無い
ここから先
祈りに包まれ
溶けていく
わたしの
行き止まり
闇の中で　魂は光るか

祈り

はるか東の彼方
たとえば　エデンの園から
追われるようにやってきた
人の生命
天災に振り回され
人災に陥れられ
驚愕と
恐怖と
悲嘆と
はげしい嘔吐
いくたびも耐え

新たに挑む力を願い
生き抜いて

やがて静かな祈りとなり
あふれる歓喜と
やすらぎの沈黙

青い天空の
西の彼方
雲が迎え入れたか
人は
緩やかに去り
消えていく

風のゆくて

海からやってきた風は
そう甘いものではない
高い海水温に熱せられて
初めはじゃれるように
くるりくるりと海の上を
楽しそうに踊っていたのに
太陽の炎が容赦をしない
燃えるほど暖められた風は
くるくるくるっと舞い上がってしまった
　くるくるくるっ　くるくるくるっ
魚たちはどうしているのだろうか

陽の光に輝いていた雲はにわかに薄汚れ
分厚く膨れ上がる

穏やかだった気流は風を追い上げ
北東へいや北北東へカーブを切る
目指すはアジア大陸
その前方に位置する　小さな日本
風は雲を追い雨を引き連れて
強情で傲慢な一歩も引かぬ強い輩となり
あの穏やかなやさしい目元も口元も
いつもはそっと撫でていくやわらかい掌もない

地の底から　天の上からわめき声
海の荒波をこれでもかこれでもかと
奮い立たせて伸びあがり
陸地に突進だ
鳥も獣も人も静か
堅く戸を閉めて窓際に鎮座する
多くの樹々が反り返ってはまたもとに還り
さらにもっと反り返っては枝枝を折り放し

あるところでは根こそぎ引きちぎり
山をも崩して落下させる

進む風は何を思っているのだろうか
列島を突き抜けて弱く細くなっていく風はどこへ

レイクサイド

この湖は
海の水が入り混じって
蒼く　深く
樹々がつくる蔭の間に間に
さまざまな魚の　戯れが見えた

いつからだろう
排水溝から流れる汚水にまみれて
ゴジラが怒って　歯をむき出したような
魚が浮きあがって来る
四角ばった眼は哀しく　虚ろに　濡れて

わたしは湖のほとりに生まれた
だから

少年が虹を追って
水面を駆け抜けたことも
老人の船は　朝霧を抜けて
波間を静かに　たゆとうことも
泣く子をあやす若い母の子守唄を
月がいつまでも聞いていたのも
知っている

レイクサイド
冬の太陽が凍らないうちに
出かけて　知らさなきゃ

まなざしの会話

目を向ける方に自然に歩いている
心が欲する方向に進んでいる
上を向けば　喜びや希望を
下を向けば　憂いや悲しみを
ひとりひとりの違った「まなざし」
発する言葉がなくても分かり合える
まなざしの会話

ここにいる
馬の大きな目
何故か哀しげに憂い
飼いならされた長い歴史を想わす
遠くを見つめる彼の「まなざし」は
言葉はないけど語っている

草原を疾走する野生の馬の仲間たちのことを

人でも動物でも
赤ん坊時代の瞳
何の怖れもない汚れなく自由で
輝きは　光そのもの
安らぎと憩い
生きる強さもくれる

人との交わりで
ふとした「まなざし」に
互いに
深まったり
離れたり

とり残された鳥は

朝には　遠く東に
蒼く静まる　山々
その一端が燃え上がるや
光の塊となり　昇る
陽を仰ぐわたし　陽に染まり
陽に溶けて

空に向かって伸びる裸木の枝々に
東を見据えて並んで黙する
数羽の鳥
時に　群れて飛び立つ

多勢でいることの　快適
多勢でいることの　妥協

多勢でいることの　窮屈

とり残され
払いのけられ
追いやられた　一羽の鳥は
地上に落ちる恐怖を　必死で食い止め
　飛ぶ
　　飛ぶ
飛ぶ
広い空は　迎えてくれる
急ぐ雲は　ならんで走る
川に沿って　羽ばたけば　川の色になり
海に休めば　海の色になり
森を抜ければ　森の色になり
いつも　自分を包む
大いなるものに向かって
飛び続けるのだ

取り残された鳥
ほとばしるパワーは燃え上がり爆発する
その中に光り輝く姿
「ここに」「わたしがいる」ことを
天に届ける　夢を見る

夕べには　遠く西のかなた
燃える炎
ひと日の人の業をすべて吸いつくし
血の色に染まって
沈黙のうちに　沈んでいく

このいのちが
自然とともにあることの
喜びに満たされて
暮れゆく　空と雲を

眺める

山帰来*

クリスマスが近づくと
私は花屋に出かけ
赤い実を付けた蔓を買う
リースにして飾るのだ
「なんという名前ですか」
「サンキライ」

（sun きらい。どうして太陽が嫌いなの）
リースを丸めながら問うと
赤い実は黙っている
ヨーロッパの深い森で
樹に巻きつき赤い実をつけた蔓なのか

ある日

私は九谷焼の展示場で
赤い実の付いた蔓が
花器の壺をひとまわり
鳥がその実を啄ばんでいる絵柄に出会う
「山帰来四十雀の図」とある

「山帰来」とは
快楽に溺れ毒*に犯され病に罹った者
家から出され　山へ逃げ込む
「山帰来」を探し　根を掘り起こし食べる
と　毒は解け病は治り
山から帰って来ることが出来るとか

その説の出所は怪しいが
中国や台湾から伝わった漢方薬のようで
「太陽嫌い」から「解毒の生薬」へと

イメージを変えた蔓
リースに編んで壁に飾る私を
謎の笑みで見つめ返す　赤い実

＊山帰来…ケナシサルトリイバラ
＊毒…梅毒

光さす彼方に

繰り返す　日常の茶飯事
刷り込まれた
習慣と
常識と
偏見と　の
衣を　身にまとい
風の中で　きりきりと舞った後
すべてを　海の水に流し
消してしまった

海の水が　あふれて
砂地に　もどる時まで
流木の上に横たわり
漂って眠るがよい

虚と無からはじまる
全て創られた者の　歩みは　暗闇に
恐れる一歩を踏み
そして　二歩　三歩と
砂地に　跡を残し
沈黙に　固まった心のすきまを押し開いて
光さす彼方　緑の野を　目指す

風に誘われ
許された時の　空間を
進む

樹と人

土にこぼれた一粒の種から
その地に根を張り　芽をだし
それから幾年も巡る

太い幹はまっすぐに
それぞれの枝を四方に伸ばし
その姿　ある時は千手観音であり
手の甲をそっと上向きに天に向け
ある時は十字架上のイエス・キリストであり
渇きを覚えうなだれる

人は幾年も旅を経て
住まう場を移しては
迷いの中を生きる
やがて　巡り合った男と女は
樹が心地よい影をくれる住まいを共にし
子供をも得て喜びと希望に暮らす

陽の光は眩しすぎるけれど
樹と人を照らし
風は心地よく吹く

樹は　人には
時であり
願いであり
戒めであり
慰めであり
励ましであり

時に天地が荒れ狂う時
吹雪は豪雪となり
閃光の間を落下する剣雨は豪雨となり
人は家を失い　田も失い　家畜も失い
生死をかけて逃げ惑う

樹は持てる脚で大地を踏ん張って
風に合わせ
身体を大きく揺すって
小さな枝を折り曲げて投げ捨てる
山は抉れて土砂は流され
樹の根張りの横を
落下する

時は巡る
人は生きる

彼方から呼び合う声の残響に
互いを確かめ合って
新たな希望を天に記し
住まいを築き
日々の糧のため

仕事に勤しむ

生きていくことの
辛さや哀しみ
歓びや心地よさが
明日の日を歩ませる

時に
樹との出会いが巡る日
人は視る
枯れることなく
枝々に新しい芽ぶきと
根元の凛々しい孫生《ひこばえ》

生きていくことの
力強さ

生きるエネルギーに満ちた詩群

長岡紀子『タンバリン打ち鳴らし　踊れ』を読む

左子真由美

本詩集は、長岡さんの第二詩集である。まず、詩集のための原稿を拝読させていただいたとき、このタイトルの詩に出会い、「これぞまさに長岡さんの姿」という印象をもった。長岡さんは行動の人である。自分が信じるものに向かって真っすぐに向き合い、情熱を注ぐ。平和のために、人々がよりよく生きるために、虐げられた人々のために・・・。ご自身もこの詩集の中に書いておられるが、ご病気と闘っているというのに、病気に打ち負かされてはいない。そんな長岡さんの姿を見ていると、現代によみがえる古代の巫女という言葉が浮かぶ。呪術のような言葉を綴る彼女は、闇を打ち破るひとつの発光体ではないだろうか。彼女の朗読を実際に聞かれたひとは、大地からわき上がるような言葉の力強さに圧倒されることだろう。

人生を見つめる

詩集の最初に収められた「下る道　上る道」という詩がある。そこには象徴的に人生が描かれている。子どもたちはぴょんぴょん跳ねながら、老人は杖をつきながら下る、上る道。誰しもが人生の坂道を上り、下る。その最終連を引用する。

下る道
わたしが生きてきた道　誰でもの道
下って帰れぬこともあった
そこから　空を仰いで
上る道へと歩むには
なにかの力を借りねば
進まないこともある

「下って帰れぬこともあった」に共感するのは私だけではないだろう。坂の底まで落ちてしまい、絶望したことがない人はいないだろう。ひとはその底から、ひとを超えた力を借りて起き上がり、また坂道を上りはじめる。淡々と書かれてはいるが、そのことばの奥には深い懊悩とともに感謝のこころがある。

インターナショナルな視点

海外に生活された経験があってのことだろうか、長岡さんには自然にインターナショナルな視点が備わっているように思う。次の詩は「ふたひらの花弁《はなびら》」という詩の部分である。京都の教会で聞いたチャリティ・ロックハートという女性の歌を聴いて書かれた詩。

苦しい労働の一日《ひとひ》の終わりに
彼らは歌った
「神よ私はここにおります
　いつも寄り添ってくださり私の心は安らかです」
彼らには苦しみへの憎しみはなく
歌うことで果てしなく遠い生まれた大地を想い
神への賛美で生き抜いた

彼女の歌うゴスペルソング
祖先の魂をも息に吸い込み
今ここに生きる誇りと重なり合って歌声となる

唇は閉じた
幾多の苦しみ哀しみ喜びを乗り越え
船が港に着いた時の安堵と静けさ
ふたひらの花びらが合わさり　かすかに震えていた

アフリカから奴隷として売られてきた祖先、苦しい労働の終わりに歌ったというゴスペルソング。「その深くて澄みきった歌声は／ステンドグラスの光を震わせ」るという。美しい歌声は苦しい歴史を浄化してゆく。それを聴いて深い人生の痛みを感じ取る彼女の感受性に共感するばかりだ。

反戦・平和・生活へのまなざし、ユーモラスに

長岡さんにはまた、反戦・平和を歌った多くの詩がある。そのなかで、関西弁で書かれた「なんでやねん」は言いたいことを直截に伝えながらも、ユーモラスで生活感あふれる肌感覚がある。

なんでやねん
9条　変えたら若いもん戦争に行くことに
殺し殺されてもええと思ってるんかよ

なんでやねん
「道徳」再び教育プログラムに　こんにちは
子供たち仰山　右向けえ右の人創るやんか

なんでやねん
「弱くて役に立たんもん早よ死んでもらいましょ」
ええ若いもんがこんなん思ってしまう世の中でええのか

なんでやねん
農薬たっぷり　添加物てんこもり　お店に山盛り
慣れた舌　安くて便利　売っちゃえ　買っちゃえ

なんでやねん
「先生ここ痛いどす」言うても　目はパソコン指はキーボード
痛いんは　わてですえ
　なんでやねん　なんでやねん　まだまだあるある

本当に「なんでやねん」と言いたくなるような事柄が世間には溢れている。それをユーモアたっぷりに謳う長岡さん。ここには生活者としての庶民の感覚が溢れている。「そうやそうや」と、思わずにはいられない。

新しい詩群　童話の世界のように

長岡さんにはまた、魅力的な新しい詩群があることを紹介しなければならない。メルヘンタッチのやさしくやわらかな詩たち。第一詩集では登場しなかった詩風で、長岡さん自身の内面に眠っていた部分かもしれない。魅力的な詩がたくさんあるが、なかでも、ご自身の子どもさんが小さかったときのことを書かれた次の詩は、歌になれば「さっちゃん」のような素敵な歌になるのでは、と思われた。「どこにいるの」全篇を引用する。

ぷーちゃんぷーちゃん
どこにいる
とろとろお眠りしています
よーく乾いた枯草のなか
夢でお散歩しています

とこちゃんとこちゃん
どこにいる
小川にかかった木の橋を
トントントンって渡ってね
母さんのお迎えしています

のこちゃんのこちゃん
どこにいる
窓から見てたら雲さんに
「おいで」と言われ　ふわふわとんで
雲の上からあなたを見てます

強い精神力で

長岡さんはご自身の病気と闘っておられる。決して多くはないが闘病をよんだ詩が本詩集には収められている。「生命を永らえる」という詩のなかから。

死に至る病には
研鑽を重ねた医療チーム
医学の粋を極めた診察　診断　手術が成され
一人の生命が救われる
数本のチューブに守られた横たわる身体

ああ　そのけなげな身体への労りが
いままでいかにお粗末であったか改めて謝り
痩せ細ってもなお規則的に脈打つ
身体への不可思議な緻密な組織に
畏敬の思いを抱く

今　生かされていることの
生きていることの
動き続ける生命体の一つとしての

価値を深く見つめる

自身の病気さえ客観的に見つめ、「生かされていることの価値を深く見つめる」とは、なかなかできることではないだろう。病に負けない強い精神力があってこそのことだ。その精神力を支えているものの一つに私は詩があるのではないかと思っている。書くことは自己と世界を見つめること。その冷静さと情熱が彼女の詩を支え、読む者にエネルギーを与えてくれるのだろう。本詩集が多くの方に読まれ、ますます発光体としてエネルギーを発していくことを心から願ってやまない。

あとがき

「紀子の詩たち」が整えられて一冊の本に澄まして載っています。

第一詩集『四面舞踏会』に登場しなかった詩とその後綴られた詩です。

詩の実作講座をはじめ、様々な詩の会や朗読の会に参加して「言葉」で表現する難しさや喜びを知り、振り返って自分の詩の至らなさを感じるのであります。が、ここで詩集としてまとめようとしたのは今年で八十歳になり、癌サバイバーとして五年が経過したことです。


思えば八十年間も生命の脈音を繰り返し、この世に存在している「わたし」。大腸を肝臓を肺をえぐり取られてもなお生命が長らえてここにあることの身体の強靭さ不思議さに驚いています。人間に限らず、あらゆる生命体の持つ持続しようとする細胞の働きは、目に見えないけれど驚異であることをひしひしと思わせるものでした。

しかしどこかで「痛さ」を感じると「癌さんのおでましか」と不安の中で過ごさねばならない現今。そのうえ老齢という同時進行がますます身体の衰えを顕著にして、それを受け入れるには時間がかかりました。「老いうること」は恵みであることを。


進行する癌への贈り物「抗がん剤」。そのお返しは副作用としての後遺症。呪縛のようにとれない「痺《しび》れ」であります。足はガムテープでぐるぐる巻かれ、鎖につながれたように重く、手は触れるものざらざらしていつも汚れている感覚。たとえば、食器を洗っていても、洗濯物を干していても、極めて不快感。それでも歩いて歩いてスローペースライフ。生きていることの苦しさ寂しさより、楽しさ面白さを秤に掛けて日々暮らす。感謝です。

表題の「タンバリン打ち鳴らし　踊れ」は私の詩の中から左子真由美さんが選んでくださり「いいなあ」と思いました。この詩は聖書をフェミニストの立場から解釈している知人の活動を表したものです。旧約聖書出エジプト記でモーセの姉ミリアムが「小太鼓を手に取ると他の女たちも小太鼓を手に持ち踊りながら彼女の後に続いた。ミリアムは彼らの音頭をとって歌った」とありますが、知人は女性の活躍があまり記されていない聖書の中で輝いているミリアムを評価し、自身もタンバリンを持ち活動されています。

私の場合はタンバリンを打ち鳴らすと私の詩たちが舞い上がり、花や鳥、風や雲や陽の光と楽しげに踊っているような気がして、「いいなあ」と思いました。もちろん私もあなたもご一緒にね。まったく自己流の詩作でありますが、この詩集を受け取り読んでくださった方々に感謝いたします。一つでも共感されましたら嬉しいです。

いつも優しく丁寧にご指導くださった左子真由美さんはじめ、竹林館のみなさまありがとうございます。詩作のパワーと励まし助言をいただいた詩の会のお一人お一人に感謝します。紀子の詩に登場する人々や風景、花や風や雲や陽の光、あらゆる生命に喜びとお礼を伝えます。ありがとうございました。

長岡紀子

長岡紀子（ながおか・のりこ）

松江市に生まれる。

隠岐の島にて小学校教諭、京都にて保育園勤務を経て、退職後、ＮＧＯを通して各国のスタディツアーに参加する。

以降、主にバングラデシュ、ネパール、南インドにて子どもと女性の絵画制作、染色制作に関わる。

フェアトレード製品作製販売、「Norikoのマジックショウ」などで人々と交流する。

詩　集　『四面舞踏会』（竹林館）
　　　　『涙の二重奏』アンナ・バナシアク（ポーランド）共著（日本国際詩人協会）
エッセー『女・生きる』共著（かんよう出版）
　　　　『わたしと他者』共著（キリスト教女性センター）
所　属　「現代京都詩話会」「山陰詩人」
　　　　「関西詩人協会」「日本国際詩人協会」
住　所　〒601-1463　京都市伏見区小栗栖中山田町71‐21‐609

長岡紀子詩集　タンバリン打ち鳴らし　踊れ

2020 年 4 月 10 日　第 1 刷発行
著　　者　長岡紀子
発 行 人　左子真由美
発 行 所　㈱ 竹林館
〒 530-0044　大阪市北区東天満 2-9-4　千代田ビル東館 7 階 FG
Tel　06-4801-6111　Fax　06-4801-6112
郵便振替　00980-9-44593　URL http://www.chikurinkan.co.jp
印刷・製本 モリモト印刷株式会社
〒 162-0813　東京都新宿区東五軒町 3-19

ISBN978-4-86000-430-9　C0092